からだにやさしい

宿久理花子

青磁社

からだにやさしい

宿久理花子

からだにやさしい

単品

あたしらの過保護で満腹中枢がばかになったあたしらの
赤ちゃんが可哀想と言いあえる
人はいず　ひとりやったら産んでもあげられんし
戸籍にもっともらしい顔をして署名をあげることも
電話をしてちょっと待っていてと言われて
バックに聞きなれたCMの歌は流れているのがああ、
あたしと同じ生活臭と嗅ぎとれて勝手にあたしらと銘うってみたのやった

らがつくだけでなんでこんなに
もやすやすとほっとしており
添い寝をされている気分
できたての料理を出されている気分の　テーブルに
座って尽くしてもらってる上へ胡坐をかいているような
居たたまれなさもあって手伝おうかとするけど結局いいから
座っときと返されることも知って
あたしらは夜は絶対一緒のものを食べてる
あたしら
は子孫は出会って流行語を駆使したり
電子系にいらっとしたり
やり甲斐のある話をでっちあげて気を
引こうとしたりちぎなことをやったり浪費に走ったり
法に触れへらへらして何のことなど嘯いた
り
愉快にやってあたしらとは似なかったらいいねなど

言ってもとてもふんぞり返っているみたいに聞こえる
同系色の血潮が流れてい
流れているだけでとりあえず所持の気　入場料の小人へ気になって
持ち物検査気味に年齢など言わして
あんたは三センチ足りんからだめ残念と
世間はあたしらの大事の子孫をメインディッシュ的
アトラクションには乗《の》してくれず
子孫の気の
落ちに落ちた面《めん》を見たら温情が湧かんのか目盛りしか見ていず
もとより身の安全がセンチ勘定であったのではたまらぬので
あたしらの逐一はめ
ちゃめちゃに文字化けさせていたい
朝はシーツがあまるほどあたしらがコンパクトなのかな
問いかけてあたしらの子孫をいない腹を
撫でてくれる手が下品なジェスチャーでありしかも勝手に
消え

あたしら
はまたら抜きでひとりで
産んでもあげられんしひとりやったらというかひとりでは
ないとの歌詞もあるっちゃあるけど語呂あわせのためにちょこっと拝借的な
疑いがなくはないけど
じゃあ訊くけど一体何人体制であるわけあたし
らの単位語が

ビューティー量り売り

全身嘘発見器みたいにメーター振り切って君のを汲み取りたい

数値化して体でプレゼンして契約まで残り香

もちゃんと人のかたちで成してて

ここにいたのねて知らない男にも知っ

てはいて欲しい

でこの際男女限りなく兼用

よく考えてみたら体各部の付いてる付いてない突き出てる出てない検証は冷
静になったら好みの範疇であるので
付けたい取りたいも働いて出すもの出せたら
自由がきくので君の
を正確に感知した体でいたくて
無駄な加工なんていっこもないよね
君の為の自分を万単位
で大人買い
で

もなんでじゃあ君のんは感度良くないのかななんで
節操がないのですか
きりない頬張りがふくよかにして
おいしいて言われたら私全域で誉められてる気がしてほいほい作って
は出しの私もあれだけど私は煮たり揚げたりチンしたりのが君のそこかしこに
こびり付いて

わ
たし私は余計なことしてる感がえぐい
こちらのシェアとはまるで逆方向へ直進
君の体重計にのらして数値で知らされるのがこわい
百
こっち持ちの百

パーセント出資したい
赤字覚悟で君のスポンサー
で
こちらサイドで好きにやらしてくれたら
親に貰った体キズモノにして……
雨天中止で
ももう何十年も前に受精したてのいま、君をくびにならないように

まにうける

ほぐれ
た
最果ての
無地を見て？
しどけない憂さ
目撃したい半
音の折り目

に沿ってここまで来たのに
オフラインしている趣味を見て？
ずっと非
嘔吐でふとる他意を見てみ
ても
ういい頃合い
を見て来て？
鍵の悴むおうとつに馴染んで六秒くらい
で施錠できるようになったのに
オートロックしている好感
度
吹きこんで今
度
こそ
どんな周波数でも再生したいのに
叩いて直った

ら山勘がはずれて巻戻し

て？

ゼッ

タ

イ

亡霊

誰もかえらない部屋のエアコンの
風により揺れる洗濯物の
比喩を亡霊のように　としたら
きみは待ち人の押すインターホンを空耳して
扉を開けたら
誰もいないかえらない部屋にひとり
としたくなくてきみはわざわざ待ち人の面影の逐一を

思いつかなしい目をしかなしいと書きポストへ投函
R指定をひとりで観てるみたいと書いた
濡れそぼったひまわりみたいと書いた
ひとりで

待ち人の服はみんなぼろで
きみは洗剤を二杯も三杯も入れるから
なんでお金がないかってったらそういうことよ
前会ったときお洗濯が愉快というかそんなんじゃなく怨念である気がすると
ふやけた指の腹を一生懸命のばしてたきみの
幼少期は洗濯機のことをせんたっきと言ってた
母親は
どの服の所有者も言いあてた
たんすに色あせた桃色のブラジャーがしまってあった
のをひとりになって気がつきドラマチックの気分の
きみの握りしめる手紙の切手代が足りないから

送り返されてくると思いこみたいのでしょう　わかります
待ち人は鍵を
部屋へ置いていったわけでも持って
出ていったわけでもなくてというより居なくて
きみの抜けおちた色素のなかの、
なのに洗ってもとれないかえらない部屋の
家賃を前払いして信じてると書いた
凪いだ海の瑠璃色みたいと書いた

諸説あります

諸説ありますてはぐらかして反故に
しようとしてもがっちり
羽交い締めにされてマイクが
各々の方面から必死のテイで正論の音声と結ばれたがる。
音声——女はいっつもシブオンプを思い出してあの黒丸にまっ
っすぐな線を引いてあげなきゃと思って、それに該当するのがあっ待って
女はそもそも音符は読めないのではなかったですか。

諸説ありますて
はぐらかして反故にしようとしても
しても、コメンテーターが持論披露へ勤しんでるあいだ
テレビ画面に出てくる諸説……のテロップみたいに
そういう立ち位置でいたいなと思ってて、
モザイク入りの誰
か
無修正の肌をきらわない誰かへ
リハも本番も
とれ高
も
尺
も
たりない女の
けどたまに、私の字幕をでっかく欲しい。鈍感に極まった
カンペの文字と睦まず

も厭わず、そういう立ち位置でいたい
女
は
と
思ってて、要は決定権は誰かだいじな人、番組をご覧の方一名に差し上げたいです。

不幸中

剝製の目が
ガラス越しに
むかし何度かすばしこいのを轢いたのを
逢瀬の帰りだった
帰したくない
街

名残りをしゃぶるネオンに
したがうと

なんで今さら免停みたいなことを
言うの卵をうんでいる雌鳥の目で
穴についてばかり
言うのヒトじゃなくて良かったで
すね不幸中のさいわいで
すね
言うの

脈の
地鳴り
スコールの絶頂
もっと知っていたら

海は木の実の雨に濡れてひびが入った波
余波

余熱
Wi-Fiしかつよくない
まっすぐ行って突きあたりを左に
斜塔に

ポストあたし

離れ島に移り住んだ蛙は
はや
臨月をむかえようとしている
切手代がもったいないので
誰にも知らせなどしない
まま、ふつうに通過してゆくできごと

そのこたちは待ちわびてるだろう
そのこたちは
ぬめぬめした目を光らせて
そのこたちの兄弟姉妹の
やがて尾ひれや舌や肺になるところを小突きながら
出生まで
そのこたちは順番をまもる
——誰かの服をはぎ取るようなことも
しないし誰かの
仮面を指さして笑うこともしないし
そのこたちは
教えられてもいないし
ただ
自分自身の出待ちいうのはなかなか乙だナア

華も影もあるナア

というのはあたしの常套句であって
バス停で立ってて人が来てちゃんと後ろに並んでくれたときの
あたしを認めてくれて有難うと言いたいときの気持ち
と
ひじょうによく似ておる

或いはまったく同質かもしれぬ
或いはそのこたちは
そのこたちは
死者の帰還をまじで信じてて
たすきを受けとろうと
まだ生えてもいない手を、伸ばして顔だけ
後ろを向いててあたしだけ
ちょっとお先にとは思ってない
かもしれぬ

豪雨

爪にまるいつぶが出来る
姦しく
あたしはあたしの次世代と目があう
ノックした日

位置についた
そのこたちとあたしとそのこたちのあいだが
前後が不覚というやつにはじめて
なってしまい
ピストルの煙はほそく
長く
――あたしはお行儀のよいそのこたちへ
ちょっとした手土産を持ってったげようねと
けっこう前から思っていた

そのこたちだったかつてのあたしと
あたしと
やがてそのこたちになるであろうあたしと
そのこたちと
の、４パターンの、
あたしを待ってるものの顔やら何やらを
思いうかべて
金魚の糞みたいにあたしの
後に続く
良識あるものたちへ

こころみ

ルミノール反応みたいに私が点々と反応されれば分
かり易く　ていいねえと私の血筋が言ったり言わなかったり
少なくとも口を尖らして私　が私の色々を薄めてるのを批難してるのを
聞こえているので私ひとりのからだではないという
か　こう言うと母性なんのかんのの話になってちょっと……
あれ脱線なので血
よ血のあれ　採血という名目の私から私の取り出し

私がなみなみとしている注射器内はやはり温か
なのかしらね、私

の色々をいっぺん裏返しにして
標本とって舐めまわすように見て
くれる人が出来たらそ
の人を歓ばす為に私は血筋の総入れ替え
その人のぐっとくるポイントへ統一へのコスプレーション
人　工で生まれ変わってかつての私へ
寄せ書きを書いたげたい　出禁の
ゲームセンターに行って悪知恵を吹き込んだり
そういうかわいいのじゃなくて本質的な悪意でも何
でもその人の意のままの私で私を試飲し
たら何反応となるか一度したい

寝言がひかってる

はだかの禁じ手で刺し
て捻りあげたら丘になって贅肉としか思えないけど、ライターで火を貸すみた
いにしてくれるし、ひしゃげた格好で目があうときもっと脱ぎたくなるもう何
も着てないのに。も
し仮縫い
のまま支払う、引くほどつめたい肌を残らずひっくり返して値札を探している
目の配置が整っていてきれいと思う。忘れないと思う。走馬灯のワンシーンに

入れておく
ね。ぜんぶ演り尽くしたと思う。
なので尾てい骨のはじまりに沿って泳ぐので看板にキケンと
読め
て
も誰
サイドのキケンか知らないのでありがたいけど、当てはまらないので行きま
す。保護色でひかっていて向こう見ずな鱗一枚ずつが名前も呼べない人たちが
くれた舌、わかるよと言ってくれた落ちてるパンツを渡して
家に帰ったら掃除機かけて寝よーと考えていたの
が目の見えない木が雨を待って生えてる、割れてひかっていて枯らしながら
ここまで来たねとねぎらってあげる。ひかって
いてでもワイヤレスじゃないからそれ以上行くと切れるし離れないでおこうよ
ねとか寝言のふりでがっちり言おうとしたけど、湖で喋ってもあぶくしか出な
かったよね。その鱗さえ無くなって、肉には塩味がついて生え
はじめた歯で嚙まれたり柔らかい歯肉に触ったり唾液の泡立つさま、自慢だっ

た肌はなのに素直に還元されてててほんまぐずやな。何喋ってる湖で喋って
もそ
もそも買ってくれた手はそこかしこへ指紋をつけて、皺どおしのちいちゃな檻
をつくった気でいるけど
教えた番号のケタ数がひとつ多いこと
も気づかずに白んだ水蜜を啜らせて世界を引き受けた目をするのでいとしい
ので、もうすこし懐柔されておいても良いかなと思う。琥珀の踊り場で目があ
ったきりもう会わなくしても良いかな。私はここです。

骨

こぶしを鳴らす
男の
豆状骨のかたちがきれい

風景

電車のドアの硝子の真ん中に人の指の跡がべたべたとあって　うわ
と思ったところでそのドアがあき
長い髪の半そでの女に手をひかれた男児が乗りこんできて
なあこれからどこ行くんとゆった
女は携帯電話を睨みながら某地名、それから、あんた声大きいばたばたせんと
いて
服引っ張らんといて

それで発車したらしたでドアの外の景色ばっかり変わっていきますね
あの、指紋のところは山とか空とか雨つぶとか核のないうつくしい世界とでっかく書かれたいつも誰に訴えているのかわからなくて目のやり場に困るけどついつい見ちゃう看板とかを白くにごして映してくれてちょっとマイルドになる刺激物が。
つまるところ脳は少しオーバーセール気味で別に理由とかはないけど
赤ん坊みたいに舌でたしかめてみたいと思ったんやろ　だからあなたは
そうやってドアの横の銀のつめたい細い手すりに口をひっつけたりして隣の携帯女に頭しばかれたりして
ちょっと汚いやめなさいとかゆわれてもやめないのですね
そういえばもう何十年も前ですけど
汚いどうのこうのの感性？　感覚？　外のものに対する嫌悪感？　がお留守
口のなかにぼんぼん入れて丸ごと景色を味わっていた　ダイレクト
で、いちばん手っ取り早い方法だとわかっていたので、神経のあらゆるいろいろが集結していると本能的にわかっていたわけで、
そうゆう時期もありました

はあ思い出した
脳は
あの、まだ二十代とゆうが既にじわじわ硬くなりつつあってあらゆるいろいろはいろいろな意味で受け入れ難くなりつつありいろいろ窮屈そりゃあね比べる対象にまず無理があり一ケタの人と張り合っちゃしかしどうにもンー
……
あの、次の駅でもうあなたとは一生のお別れをすることになるのですけどそれも無言で。
批難されても〈汚い〉が脳に来ちゃうまでその感性？　感覚？　云々に場所を空けちゃうまでええよええええからしばかれときとゆったほうがええかな、どうです、今、

暦と数字のあいだを
縫ってきたんです　ボートを
出したんです
底にはちいちゃな穴があり
白いどろりとした重たい水を手ですくい
すくいしながら
女の目は充血している

そもそもここに寝具はないのです
沈ましてはいけない
女の指は硬いです

舳先が４にぶつかって
揺れている　ボートにつかまってください
どうか

逃げたら撃ちます
乗客はしゃがれた女の声に身震いをして
でも離脱する気などさらさら無い
いわゆる神的誰かの後押しを
待って
生まれてから沈むまで
律儀に数える　記念日などを挟み
挟みして

しかしあれだね
黒板の数式を消したね　そういう係
あったねえそういえば
制服にチョウクの粉がかかって
払っても取れないしだから肩凝るんだって
今んなって思うなあしかし

うすらぼんやりとしていて空は
朝も夜もなく
ときおり星が落ちます
静かです
波うたない
水も白いままです
水も白いままのここに住んでいる
かもしれぬ生きもののことをあれこれ
想像するのが愉しみです

きっと無脊椎で
切り傷だらけだがもう何もかもが麻痺していて
だらしなく口を開け閉めする
図体だけやたらでかい魚だろうというのが
乗客の総意だが
目の端で
耳たぶで
皆　星の溶ける音を聞いています
笑いすぎて出た涙の成分を
詳しく分析されることを嫌う
あるいは失われた三十二日目について、

ボートをどこへやっても三十二日目
に行きつかないため女は
てんぱりそうになってる

最初、世界に
二七二六の重さで寝ころんだそう
母親がいやに詳しく覚えててね
ありがとうねほんと
辛抱してくれて叩きたいってときも
あったでしょいろいろあるもんそりゃそうよ
おそらく母親が先にこの
船をリタイヤするだろうから
見越してね
せりふを練習するわけ　心づもりとか
なんだかんだあれしてね

皆は手に皺が増えていくのは仕方がないと思っているふしがあるけど
よく見てみたらそれは数の刺青だということに気づくはずだ
重なり黒ずんで病巣みたいだけど
女は

いったいどういう了見で
三十一から一へ引っ返さないといけないのか
三十一から一までの
あいだに力なく　浮いている
無理やりリセット感とでもいうべきものがすっと気持ちいい感もあり後ろめた
い感もまたある
とずいぶん前から思っているんだけどどうと問いかける勇気がでない
女は女まかせの乗客に皆すごく大事わたしが弔ってあげるよと
伝えたいと言って泣きます
涙は黒いです
休日は赤です　その
そびえ立つ数字の連なりを背負う
真上の空には鳥が飛んでいて
羽を一個
故意に、としか思えないタイミングでほつれさせていった

鳴かない鳥でした
乗客はあれきのうもいたな
飛びかた全然上手じゃないよねいっつも思うけど
の言葉の端々で　羽を
手繰り寄せ奪い合う芸当の真っ最中です
岸は見えないです

かつて

話そう
犬も買えるようになったよ
レートのしくみ
も
ひざ丈何センチも察する
も何回
も味つけして不感症とか言うけど

診察券で手遊びの続き
もっとちがう
場面も
っとちがう属性で酌み交わしていた
味わっていた手薄な感度で

既視感で
わざとよけて
貞操をまもるようなで
も
もういいよね
がんばったほうよね標識どおりに
栞がなくて終わる
に終われない本みたいにいっこの四肢だった

モヒのいじわる

きのうモルヒネを
やったでしょう　あの妙な建物内でどこも白くて
白々とさしてたら清潔感を醸し出しているつもりに
なっているところにとてもかわいい
注射後の男は
浅い眠りから醒めた子熊みたいな目をしてもう一本て言ってぎょっとされてた
のを

正常の私は覚えている
正常の私は
豹柄のピンヒールを履いていった
薄生地のブラウスを着て透けて
見える下着は黒にした
みんなぴんぴんしてると言えばそうだ
し死　にかけてると言えば今にもぶっ倒れそうな感じだしで
そのあいだを闊歩した私は
でも不躾な気もあった
こんなにつややかな心臓を持って
あらゆるものがなみなみと注がれこぼれて
もまた溢れ爪も
まっすぐ伸び無造作に切ってま
た伸びた　て除毛したての肌の素っ気なさ
衰えない火のはぜる音の
煙のゆくえを追うのにいつも見失ってしまうことを知りながら

男がちっともこわくないよと言った
ハイでもロウでもなく地平線みてえにテンションを
っていうかこれ打ってさ　鈍感なのか敏感なのかすら分からないな的な
世界のい
ろんなアングルから押さえていけば全然ふるえることはない
お前のこわい……は先端は見切れがちに突き刺さっているわけだろ
だいじょうぶだよ
そんなものでいけないし仮にいけたとしてもこわい
のうちに続けるしかないと男は声を火照らせてい（私は別に生き死にの話をし
たいわけでは……と思ってもビョーニンのことを大事なので　やもりのおな
かのような温か冷たいもので冷やしてあげたい正常な私が

夏

どうしても——

あの夏が
痩せていって
はだけた胸に
だけ
奔放だった背景が焼きついている

ふくよかな、きせつ
みんな美人になる
平らげる、振り向きざま
に、たたまれていた午後二時を
あてが
って、それはよく似合う
それは密葬だ
枯燃
するひかり、余光
それは

頑なな足うらに
砂が愛液をくれる
勘づいている、あんな小さな子でさえ
お母さんの芽をもっていいて

水を
あげ続けることと可愛がることとは全然ちがう
孵化
する万能、いきさつ
に、汗をかくのを厭わないこと
だそれは夏
それは

夏

まんじりともせずに待った
きせつの死の床で
かわしたい
ような抱擁がある

せかいは指紋だらけだよ

あんたそんなのよく読めるねえと
言われたのは去年の
暮れだった
わたしは軋む
椅子に座っていて
つっかえつっかえ
指を動かしているのだった

ピアノだった
楽譜だった
赤や青でゆっくりとか
つよく！とか練習！とか書きこまれた楽譜
の黒い丸の連なりを読解
ショパンはChopinであり
わたしは心のなかだけでチョピンと呼んでる
のはおそらくわたしだけではなかろう
鍵盤はつるりとしていて白黒整然としている
音を一個ずつ持っている
真ん中はよく使われる　端は
うすくほこりを被っている
わたしのピアノ
わたしの。誰にも触らせない
よ　でも職人
の　指紋

調律師　の指紋　が
やつらはお食事したりハグしたり「年金　未納」
とタイピング
したり
ぶったりエレベーターの▼のボタンを連打したり
撫でたり揉んだりほじったり
（まるでわたし）おしりを拭いたり
好きな人の肩をつついたりまるでわたしだ
わたしの　指と経験値を持った指だ
よ　やつらは

引き金を引いたり
初穂についた露が落ちるまで瞬きせずに待って
そよ風がふいて最後にひっそりとひかるのを掬おうとして
できなくて
ひっこめたり

背中をなぞったり糸を通したり
つねったり鳴らしたりデコピンしたり
やり尽くしたよ　やつらは
真新しいものなんてもう無い
よ　わたしの
つくるわたしの唄も誰かの。
まじだよ生温かい息がかかっている
舌が滑りこんでくる指が

指が潔癖症になりたいと言ってる
わたしは耳を塞いでいる
のも指だ人差し指で人差し指が
いちばん喋るというのに人差し指です
る　暮れだった
一昨年のしんしんと雪降る朝の場面で
ぬぐっても取れない痕跡の上からかまわず

わたしを上塗りした鍵盤は白くも
黒くもない　わたしの
誰の　ものでもないわたしの。

いまどき

袋とじへきみへ促したら
やぶく時の高まり
が
はさみ
がなくても欲しいものは
欲しい目をする
絶滅するひとたちの子孫だ

からね、良い子にして
冷えた体をあっためたのできみがいるわけです
背中へ水着のあとが割とくっきりしていて
なので多分前世だったけどそ
のへんは季語は使いまわしだから
やめますねとにかく
ルーツ云々というなら水着の背中と
合意と責任
の有無
と後悔もないといえば嘘ですけどきみはいま
すね、いっぱいのものを頬張って今シーズンより未来へ
更新されて良かったね

そして目が贅沢になって画素を上げたい
電波ジャックみたいに何を
見ても見た

気にならないとか
それは正味きみの目が補正できないスペックだからよとか
知らないで良かったのに規制音もかけずに
検索したら一万件ヒットしたら誰か
ゆずりの目で担い手へ糊づけして言いますね

プールで足を絡ませ溺れたいと思っていた今朝の／とはいえ栓をぬけばただの
四角いくぼみであると気づいていて
くちびるの紫を隠しながら女は
幸せと言いたくて口がむず痒くなるのを待っている。
でも幻視だったのかな。なにこれ。なに
かを番号札をとって折れてる／呼び出し音がただいま呼び出しておりますを
十四回も受話器。こがね色の四時、地図帳の点線をこえていく薄雲の

爪を切ってるみたいな雪でバスタブも
自販機のそこも。
焦らされた少年の本能のまっすぐなとき、
目くばせして分かってるというしるし／に／つま先だけ浸けてみる。
女はハマる。一気にクるから余計なこと考えなくていい、高速でサツ後ろにつ
けてぶっ飛ばしてる感じでぞくぞくする、そそる、いかす、ハ
イんなって反っくり返ったみたいになってまた折れる。たしかに。
女は飛び込んだ水しぶきが、まっすぐ心電に刺さった。やさしさは野ざらしで
あればあるほど
いい、縫い目ばかりつくって持ちきれないのに、まだエスサイズと思ってた。
しびれた。呼吸を口うつしであげてる夕立ちの、豊満なしずくを啜って十月。
麦も揺れ
てる。揺れ
ててで
もしんがりで降られたいも
う

待たないでつよく。けたたましく錆びた嗅覚がして塩素。色の割り当て。サン
クス
とクールとシックだけでやりくりしてた潮騒の／い／つも誤変換しちゃうだけ
だってば、いくら泳いでも深さの一定感／髪を濡らしたまま乾かせない。

ここ

きみは帰らぬ人です
いまからここ
にある鬼灯のぬるさで

波打ちぎわが
名
が法外なひ

とが冷ややかな爪を切るその曲がった腰を
くちをつけて飲みまわしてる
のが見えます
か　きみは敬います
よく鳴る喉仏を
ふっくらと熟れた打ち水について
も
しくは濡れない不憫だった
雨傘について
骨の折れて他人のチャリのかごへ
捨てられていた不憫だった傘へ自分を見たのですか

そうだね別に悲観することはないよね、おろしたての靴は
ただしいけどヒールが高いので重たいので
左右どちらにも靴ずれと
してお風呂のときに痛いけど、
良い目を見たいと思ったらこらえるよねきみはプチ自傷と呼びますけどただし

いけどしくじってる
と互
いに思うけど

見逃がさないように
剝き出しの半夏
すれちがって透きとおる男たちの利き腕へ
汲んで飲ましてくれたここ
が百二回の息を殺してほんとうに
好きだったこ
ここはきみの現場です

満床です
お供えにうってつけの
楽器
とコード

がGmで濡らす音符が傾聴というので黙る黒々としたつぶが弔いにきた
慰めに
きた抱きにきた
代わりに抱かれにきた独りの代名詞で初心者マークをつけて帰し
た注射をした美視された朝／に眠りたくないいつか見たモロッコ
の／それからずっとやらかしてるイッたら即席でよくなるので寧
ろただしいけど撫で／にきたいきりにきたかっ／さらいにきたき
り
誰と
も暖をとって
見して
うるさく言ってからだに
効かして
灯して
看取って

瞬間、
きみは盗られる
のをこ
わがらないでいられる
帰巣の信号を閃いて末代へひと駅先の言伝
でわかりましたばっちり呑み込みました
のを
こ
れで一緒に頑張ろうキャンペーンみたいなのがしんどいよね
頭にきてお腹すくよね見えます
か　きみは

追憶

さかなの目のつやつやしたところから
あたしも生まれたと思う
まばたきしないで
それはあたしでもさかなでもあるんだけどね
あぶくを吐きだしてたと思うのよ
襟のきっちりした
服を

つくって、いつかは
ひとりで食べる

水晶体の奥の奥の
5メートルくらい潜って右に折れたところの
ハープをあたしは壊した

あたしのなかには液体がたくさんあるので
いつこぼしてしまうか心配
鏡に張りついた
虫の死骸を見ているねこ、の
目のなかにうつっているあたしの
うろこたち

あたしは捕まえられて水族館でぬるく閉じ込められて薄濁った水の中で逝ったりしたいとか、そういうん、イタいけどまじで身の丈にあってると思ってて、ごはんの心配とか一回もしないで、退屈と惰眠に殺られて涙ぐまれたりしてみたくて、でもあたしはばっちり人間やし、成人もしてるし、今さらどうもこうもないです、文句あんねやったら死ねという話やけど、それほど生きてんのが嫌なわけでもないっていうか死ぬのが単純におそろしいからあたしはだいじょうぶ、ちゃんと健全な感じでふわっとやってきてるけど、なんできみはそんなに困ったちゃんなん。ねえ。ということで、きみはまた家にいない。携帯も出ない。留守電にもならんから、どことかいい加減にしてとか、もうしんどいとか、こんなに思ってんのになんで分からへんのとか、好きやのにとか、お願いとか、なんか気にくわへんのやったら直すからとか、ごはん食べたんとか、今日は暑くてしかも電車が遅れてて散々やったよとか、このあいだ行った買いもん楽しかったなあとか、買いもんってゆってもスーパーでいろいろ買っただけやけどとか、でも楽しかったなあとか、いっぱい笑ったねとか、なあどこにおるんとか、どことか、もうあかんのかなとか、そんなことないとか、なあとか、どことか、殺すでとか、も吹きこめない。

あたしは仕事で疲れてたけど、寝んかった。お風呂も入らんと、外に着ていく服のまま、座って待ってた。五分おきに携帯にかけた。出んくて、言いたいことが頭の中でぐるぐるして、ああああかん……と言おうとしたら、すでに声になっててびっくりした。そういうテンションなので、食器をシンクに落としたりする想像、思いきり叩きつけへんとあかん系かなあ、とりまいろんな食器を割ろうよね。ディズニーのカップとか。ロンドン橋おちた、が、頭の中で流れてた。どんな頭をしてるのですか。

きみは、でもべつに悪くない。あたしが仕事に行ってるあいだ、あたし以外の女とこの部屋でやってたのは、雰囲気でなんとなく知ってるけど、最終的にその女もあたしも一緒くたで、だーれも悪くない。さいてい。くそやわ。らへんの経由でさみしいよと思う。ふたりで一個のからだになれたらいいのに、別々やし、抱き合っても別々っていうんが余計に際立っていくみたいで、きみの体温や重さは嬉しいけど、嬉しいけどさみしいよね。あたしもきみ以外の男の人たちから、あたしはきみのことがほんとに好きということを教えてもらった。きみ以外の男の人たちは、あたしを愉しませようとしてくれたし、紋切り型に優しかったし、あたしも愉しかったし、お互い後腐れなくうまくやれたけど、別々のからだで当たり前で、全然さみしくなかった。清々してた。ちょっと出たお腹とか、たばこを吸う口とか手とか、なんでか知らないけどお金をくれたりする卑屈さに、ありがとうと思った。あたしをきみのところに帰してくれて、ありがとう。

でもあたしの中は魔法瓶になってて、甘い紅茶が湯気を立てて、砂糖でからだをべとべとにさせながら、買ったばっかりの浮き輪で一生懸命泳いでる、海水パンツのきみが見える。きみは息継ぎが下手くそやから、嫌いな紅茶をいっぱい飲んじゃって、リバースしそうになってる。っていうかした。ばた足で、あたしの股のつけ根をこしょばした。あたしは息があがってきて、配色が変な感じになって、電球がピンクやらレモンイエローやらにちかちか変わるし、空がモスグリーンやし、朱色の風がびゅうびゅう吹いてて、よけないと腕とか顔とかが朱色に染まって、洗ってもとれない。洗ってる水も黒い。ぜんぶうるさい。なんで手も挙げんと好き勝手なこと言うん。稲穂が重たそうにしなってて、むいたらぷちっていって秒針が逆さになって、きみの笑ってる声が白いつぶと液体で、震えてて、秒針で思い出したけどあたしが仕事から帰ったらきみが時計を分解してたことがあって、何してるんって訊いたら、時計を見てたら針がずーっと動いてて、自分の脈と秒針の音のタイミングが完全に一緒で、時計を分解したら自分の仕組みも分かるんちゃうかと思ってんと言われて、まあ、ふーんって感じやけど、ちっちゃいネジもぜんぶいってもうてるレベルやったから、もう元に戻せへんくて時計は捨てた。そうやってあたしの帰りを待ってるきみは、なんもせんでいい、ずっと時間を食べてつま先を冷たくしててねとか思ってたら、だから足が尾ひれになって、手が水かきになって、えらができて息が苦しくなって、泳いでいった。そうかそうか。

あたしはロンドン橋おちたを歌うのを、切れた膝を舐めて、自分をかわいそうがってる人は嫌いと思ってましたけど、同族嫌悪というあれで、あたしもばっちりかわいそうアンドかわいいやったし、ぼさっとしてたら死にそうになるので、気を確かに持ってなあかん。

嘘。死なない。

あたしのからだは、さらピンの折り紙みたいに皺ひとつなく、つややかで白くてきれい。ずっと丘が続いてる。日差しにあたためられた、ぬるい川もある。湿った森もある。町工場も風俗も、ごみ処理場もある。バッティングセンターも。そんなあたしにきみが帰ってきたら、気分によっては刺したりとかするかもやけど、いちおう抱きしめて好きって言う。帰ってきてくれて嬉しいけど、ちょっとさみしくなる。

喉の奥に魚の骨が刺さったような違和感がずっとあって、飲み物とか飲むときは痛いのに、食べ物を飲み込むときはへいちゃらで、なんでなんでと思ってググってみたら、ヒステリー球というのんらしく、まずそのネーミングにいやあな感じがするわけやけど、原因を調べてみたらやっぱりそういうことで、ストレスとか疲労からくる系ですね、さらに木と林と森という字の安直さ、林やったら木と木のあいだ、森やったら木と木と木のあいだを、ちいちゃい兵隊さんが行進してるみたいで、その後ろ姿が凛々しく、でもあたしはストレスも疲労もなく、文字でジオラマしてて、毎日ごはんをつくったり洗濯したり、洗面台磨いたり、百日草とかベゴニアに水をやったり、テレビ見たり、湯船にお湯をためてちょっと寝たり、仕事もないからノルマも残業も満員電車もなく、この生活のどこにストレスや疲労を感じてるというのですかと訊きたいが、発症してるのは自分自身なので、とりあえず自分の舌が落札されてるのを知ってて、誰かにバーコードを読みとられてもいいかな、舐めてうぶ声を撒かせたら、けど治療方法が「ストレスを取り除く」ってあんまりじゃない？　そんなん分かってる、こんな書き方したら余計ストレスたまるやんってネットに文句言ったり、つまりあたしはほんとに大丈夫で、まったくまいってないのに、なんでヒステリー球なんでしょう。まあいい。なっちゃったもんはなっちゃったもんね。しゃあなしで受け入れるとして、ノンストレスのあたしはどうやったらヒステリー球を治せるのかそれがあれ、もう一回ググる↓内科で喉に異常がなかったら、心療科もしくは精神科に行くことをおすすめされる↓無理↓なんとかっていう漢方が効くよ↓ほんまに？↓喉を意識しすぎず、深呼吸するなどして、なるべくリラックスした状態で過ごしましょう↓はい……なんかいろいろ、実にいろいろコマーシャルされてて、早送りでザーとやればいいけど、そうするには最初っから録画していないといけなくて、リモコンがないあたしの臓器は立食できるところ、宵待ちの風ばっかり吹いてて、帆を広げたら貧しいけど猫もちゃんと太ってる、トタン屋根に丸まってあくびしてる港町に着いて、夕立ちでさぶいぼ

立てて、鍵持って出るの忘れたことにして何も食べず、軒先でずっと待っていよう。いま。わし座のこぼれた櫛の棘を刺さって、くっきりパーマされてる残り毛を排水溝をつまらしてうず巻いている喉があかん、喉のこと考えちゃった……違和感のある喉をあたしから締め出す喉を努力してるけど、この努力は喉に向けたものなので結局意味ない、あたしは喉が変。こうなったらどこまでも喉に次ぐ喉、喉を意識しすぎず深呼吸なんとかっていうのは忘れる。なんでもクリックしない。いろいろをまともかどうかで判断しない。喉を切って中身を覗いて、誰に犯されたんか言ってごらん、晴らしてあげるから、ちょっとシメて持ち場につかす、フリガナがなくて名前が

目では

分かってるけど耳ではとんちんかんな名前が、息せき切って毒素にノックしてて、眠たい目でピンポン出たらサインください、葉脈のあいだから目をあう、

寝そべって別の種族が産んだ目のあいてないコに含ませてあげて、甘噛み、溺れさすをバーチャルでは何回も再生した。なんのなんの話をしてる

る女の子の電車で景色を追う目を左から右に揺れてて、穀雨のたわわに実らせる土の若々しい手が伸びて、茄子もしとうもラディッシュもうんと甘やかされる。やさしいねーとか言われても不貞腐れたり、うがった見方をしたり、微笑んでみせたりしないで果肉は果肉、さみどりの更新、もう言わんといて、クリックせえへんのにずっとなんか流れてて、何、ずっと、なんかずっとあれやわ、クスリもやってへんのになんでヒステリー球とか意味の分からんもんでラリらなあかんわけ、っていうかあたしはほんまにその球なのですか、だいたい球って、ねえ？　野球ちゃうねんからさあ、人の喉つかまえてヒステリー球ですねってどういうつもり、お前はどうやねん、っていまのはオフレコやけど、はとんちんかんな名前が、息せき切って毒素にックしてて、眠たいンに出たらサインいまはオフレコを電飾できらびやかな木々の、寒そうにしてる枝のあたしの鎖骨を銀の金槌、いっこいっこ叩いてやぶいたり、羽になって背中で広げて撫でてくれた、かわりに手が抜けてずっと振り返す、手旗信号でくれてたヒ

ントも粗い画素の、見のがして救命ボートの端がだんだん冷たく、っていって
も八割くらい自演やし、そもそもさっきからだいぶスベってるしもういっか、
とにかくネットはもういい、なにがネット社会じゃぼけ、会員になるためにコ
ジン情報にほどいて、口紅もおとして向かいあった隣にいた
麒麟の、やさしい目にしておはよう。

初出一覧

亡霊　「現代詩手帖」平成24年4月号

諸説あります　「絶景」vol.1

ポストあたし　「ユリイカ」平成23年11月号

風景　「ユリイカ」平成23年9月号

暦と数字のあいだを　「ユリイカ」平成24年1月号

そのほかはすべて未発表

宿久理花子　（しゅく・りかこ）

1989年大阪府うまれ。2012年「ユリイカの新人」に選ばれる。2015年詩誌「絶景」創刊。一流サウスポー。はさみは右。insomnia0451@live.jp

詩集　からだにやさしい

初版発行日　二〇一五年十一月十一日
著　者　宿久理花子
定　価　一五〇〇円
発行者　永田　淳
発行所　青磁社
京都市北区上賀茂豊田町四〇―一（〒六〇三―八〇四五）
電話　〇七五―七〇五―二八三八
振替　〇〇九四〇―二―一二四二二四
http://www3.osk.3web.ne.jp/~seijisya/
装　幀　濱崎実幸
印刷・製本　創栄図書印刷

ISBN978-4-86198-329-0 C0092 ¥1500